地底旅行

英國威男原著
之江索士譯演

第一回　奇書照眼九地路通　流光逼人尺波電謝

溯學術初胎文明肇闢以來那歐洲人士皆瀝血剖心凝神竭智與天爲戰無有已時漸而得萬彙之秘機窺宇宙之大法人間品位日以益尊所惜天下地上人類所居而地球內部情形卻至今猶聚訟盈庭究不知誰非誰是從前有個學者工石力子曾說地球中心全爲液体一般學子翕然從之迨波靈氏出竟駁擊不留餘地其說道設地球中心是沸熱的液体則其強大之力必將膨脹地殼難免有破裂之患猶汽罐然蒸汽既達極度則訇然作聲忽至龜坼然我等所居的地球爲甚至今還是完全的呢波氏之說出這

班隨聲附和的學士先生也只得閉口攢眉逡巡退去了今且不說單說地殼厚薄仍然是學說紛紜莫衷一是有的說是十萬尺有的說是三十七萬尺有的說是十六萬尺而有名的英國碩儒迦布庚則說是自百七十至二百十五萬尺唉好了好了不必說了理想難憑貴在實行終至假電氣之光輝探地府之秘密者其勢有不容已者歟

却說開明之歐土中有技術秀出學問淵深大爲歐美人士所欽仰之國曰德意志鴻儒碩士蔚若牛毛而中有一崎人焉名亞蘺士幼即居其叔父列曼家研究鑛山及測地之學列曼爲博物學士甚有盛名鑛物地質兩科尤爲生平得意之學故常屏絕家事蟄居書齋几上羅列着無數光怪陸離的金石窮日比較研究視爲至樂且年逾五十體力不衰骨格魁梧精神矍鑠隆準班髮双眸炯炯有光其明敏活潑的性質便是青年也不免要讓他幾

小說

步。一日獨居書齋涉獵古籍不知有何得意忽然大笑幾聲蝦蟇似的四處亂跳亞蘼士正從對面走來見如此情形不覺驚甚忙問傍邊的竈下婢道。叔父何故如是竈下婢搖首答道。不知主人沒喫午餐並命晚餐也不必備。停了片刻便跳躍起來諒是不喫飯的高興了亞蘼士越加驚疑暗想此必發狂無疑惟呼洛因來或可稍解其煩悶仰首吐息涉想方殷不圖列曼學士早經瞥見大聲叫道亞蘼士亞蘼士來來亞蘼士聞言連忙入室列曼命他坐下徐說道余頃讀臘丁奇書知衣蘭岬島的斯捺弗黎山有最高峯曰斯愷忒列每年七月頃噴火以後其巔留一巨穴余歡喜無量不覺雀躍余覃思大念欲旅行地底者久矣今幸獲新知可償夙願故決計一行汝將如何行乎抑居乎這亞蘼士本有獻身爲學術的犧牲之志今聞列曼言也不覺手舞足蹈不待說完便拍手大呼道贊成！贊成!! 願從願從列曼笑道。

小說

事不深思便呼贊成迨欲實行必至畏縮爾須再三思維不可如是草率若一聞創論想也不想即滿口答應到後來却躊躇不進是要貽笑于大方的亞離士子細一想果然有点危險然丈夫作事寧懼艱危爲學術的犧牲固當爾爾便把决心之故告知了列曼起身辭出萬端感想倏湧心頭意大地中心必有無窮嶮巇或遇酷熱鎔石爲河或遭沍寒堅冰成陸怕比風災鬼難之域更當艱辛萬倍哩唉行路難行路難想去想來那明月麗光已輝屋脊只見洛因已從門外欵欵而入黛眼波澄蜷髮金燦微笑問道君氣色大惡遮莫有煩惱麼亞離士道洛因洛因長爲別矣不及黃泉不能相見這人間界是卿的領分了洛因見亞離士如醉如狂滿口囈語憮然道君何故嚇妾今願速聞其詳亞離士道我憂吾叔父狂耳洛因道狂？妾今晨殊不見有狂態亞離士道眞的君試與譚便知狂態洛因道究竟何事呢說畢双眸

灼灼促其速答亞離士便從蝦蟇似的跳躍說起自頭至尾細細講了一遍洛因且听且思不覺樂甚反安慰亞離士道叔父安排必無錯誤君可勿憂幷說了許多閒話從容而去

原來這洛因是列曼的親戚生得蕙心蘭質楚楚可憐與亞離士極相契合然洛因雖是女子卻具有冒險的精神敵天的豪氣所以得知此番地底旅行卻比亞離士更爲歡喜而亞離士則自洛因去後斂心抑氣徘徊房中久之久之洛因含笑入室兩道視線直射亞離士之面說道妾適聆叔父之言極有義理決無不虞且知君當時極力贊成今爲甚背地裏如此爲難呢噫行矣男兒亞離士君雄赳赳的說了幾句返身歸房去了亞離士轉想果然不錯大丈夫不當如是麼便制定心猿展衾就睡無奈三尸作怪夢中不是見鎔岩噴溢的火山便是遇怪石嵯峨的深谷徬徨四顧寂無一人危哉危

哉悲聲咸嗄及大呼出險醒來纔知是自己的聲音探首望玻璨窗已有初日的美麗光線閃閃然作紅薔薇色了

亞離士急推衾披衣推窗一望見已有許多人夫螞蟻似的盤旋中庭列曼屹立其間指揮收拾行李亞離士失聲道呀遲了。這位老叔父不知又要嘮叨多少話哩便匆匆出房這列老先生果然大有嘲笑之色冷笑道哼儞眞勤極睡至此時儞是做什麼的呢此刻不是十點鐘麼亞離士漫應道。是十點鐘了然叔父爲甚匆促至是呢列曼道儞還不曉得麼。我等是明天要動身的。亞離士聞言驚其過速問了一句爲甚明天就要動身而列老先生又發起根來了他說道。我等是優游卒歲的人麼儞怕死麼如此推托儞惜別麼同那洛因有長圖大念的人是可以惜別的麼列曼絮絮叨叨說個不了

亞離士沒法只得裝着悠然的樣子強辯道我是一無所懼的有誰說我是

怕事的諒未必有罷我的意思不過以謂從容辦事纔能完善後面又沒催促的何必像逃難一般汲汲如是呢列曼道沒有催促的麼這光陰不是麼亞離士還說道。今日是五月廿九。至六月杪。尙有……列曼道。儞開口便說尙有這『尙有』兩字便足爲儞是懦夫之証了須知我等往衣蘭岬島是遙遙遠道與赴巴黎不同儞以爲同往巴黎一樣麼若非我昨日終日犇馳。儞連那從可奔哈侃至雷加惠克(衣蘭岬之首府)的汽船只在每月廿二展輪一次的事情還設曉得呢亞離士不能辯。期期答道。原來如此。我卻未曾留神。列曼又道。若待廿二。惟恐後時。我等須早往可奔哈侃纔是。此時一切行李如繩梯、卷索、火繩、鐵鏈、鐵柄的木棍、鐵鎚、等都已停妥。重復細心調查了幾遍裝入行篋中。把螺旋捻緊。祇待翌日啓行。亞離士也神氣發皇奮力理事蓋自趨絕地壯士或爲逡巡然死迫目前懦夫亦能強項亞離士

小說

之奮迅雄毅一變故態者如是乎抑非如是乎

青年亞離士于一剎那頃大悟徹底捨身決志以赴冥冥不測之黃泉洛因亦來百方慰藉亞離士爲之奮然生踏天蹐地之槪時長夜迢迢更漏漸漸雄風凛凛私語切切殘月上窗万籟俱絕而亞離士眠矣而洛因去矣不知何時忽聞有彈窗以呼者曰亞離士君！亞離士君！亞離士心中一跳躍然而起

第二回　割愛情揮手上征途　敎冒險登高嚇游子

卻說亞離士夢中聽得叫聲嚇了一跳幸而子細聽去是平日常來驚夢的洛因在外扣窗說道亞離士君再不起來又要討叔父的罵了亞離士連聲稱是急忙起牀洗盥畢已是朝餐時候走進食堂見叔父列曼笑容可掬的已喫得腹笥便便還拿乳羔炙雞張着口大啖不止瞥見亞離士進來招手

命坐滿口含着食物含糊問道倆一切事都豫備了沒有亞離士答道都妥當了我本來沒有豫備的事列曼拍手笑道好好。既如此倆快喫朝餐那驛馬已在門外等久了遂回過首向洛因道亞離士遠行倆要寂寞了然我望倆善自攝衛與時相宜洛因微笑道這自然多謝叔父列曼点点頭又對寵下婢說了許多看守門戶的要領侍奉洛因的規矩纔說完便把兩目直注在亞離士喫飯的口上呆呆立着亞離士雖纔半飽然沒奈何也只得投匕而起列曼口裏嚷道走罷走罷便橐橐的先自出去亞離士見叔父先行便來仝洛因握了一握手洛因還說什麼前途保重努力加餐這些話亞離士却說不出一句話來裝着笑容返身便走上了馬車在列曼對面坐下馭者加上一鞭黃塵擁輪去如激箭亞離士眼中惟彷彿見亭亭倩影遙望車塵而馬車一轉正被列曼遮着暗忖道予欲望洛兮叔父蔽之……然馬車已抵迦修荆士滊車驛了。兩人即換坐軿車中。未幾滊笛一聲。車動蠕蠕。既而如風行電掣一般。自驛間馳出。亞蘼士檢点過行李。列曼從懷中取出一封紹介信說道。這是我故鄉剛勃迦府的駐紮領事丁抹國的芬烈謙然氏寫的。便要讀給蘼亞士聽。什麼『有博物學士列曼君』又是什麼『有地底旅行之大志』亞蘼士雖隨口答應。其實並沒聽得半分。只見四圍景色都如過眼烟雲。一帶高原。倏在軿車之後。不多時。竟到吉黎海岸了。列曼學士說一聲。我覓滊船去。早已執杖下車。亞蘼士招呼行李。急到船塢。見這老叔父已面紅耳赤。在滊船上亂跳。口裏說道。其實可恨。儞們總喜歡待。豈非浪費光陰麼。我看儞們待到什麼時候。原來這艘滊船。必待夜中方能出發。非靜候九時間不能啓行。他性質本來褊急。越想越氣。所以尋着船長。又在那裏大加教訓了。船長卻悠然答道。閣下何必着急。如是呢。荒村

小說

景色處處宜人。策杖尋幽。豈不大佳麼。亞士離亦在傍笑道。終日奔馳。獨未探得此事。此刻有什麼法子呢。列曼沒法。只得走到平原瞻眺風景。但見茅屋參差。遠林如薺。晚禾黃處。小鳥歡鳴。乳羊成羣。牧童偃睡。亞離士亦為之心曠神怡。大賞旅行的佳趣。漸而晚山爭赭。暮靄蒼然。兩人便入村中。飲了幾瓶啤酒。徐步登舟。已將夜半。少頃。瀛船「埃雷」已吐烟排浪。向哥逐爾盧進發。翌日十點鐘。到了可奔哈侃府郭外。遂舍舟登陸。在「芬尼士」旅亭解了行李。小憩片時。列曼呼使僕問道。此地的北方博物館何在。使僕答道。此去不遠。列曼遂偕亞離士出門。向博物館而行。此博物館雖基礎不寬。構造甚質。然經幹事湯珊氏多年辛苦經營。故北方的名產古物。無不蒐羅薈萃。每年觀客實繁有徒。湯珊聞二人來游。歡喜不迭。待遇極為優渥。列曼將調查往衣蘭岬瀛船的出發日期一事。託了湯珊。湯珊道。六月二日。恰有丁抹

小說

國的「華利吉獵」艦向雷加惠克府進發列曼大喜謝了湯珊又拉亞離士同去拜會艦長說明來意艦長拔倫道二君可於禮拜五午前七時來此列曼也不再責他待時唯唯作別歸了旅館豫計行期尚距數日二人旅居大都縱覽名勝還不至十分寂寞惟亞離士雖歷覽雄都終不免時生遐想望伊人兮天一方挑燈偶語聯袂游行都如昨夢不可得矣亞離士方支頤馳思悅若有亡而好事的叔父郤偏惠然肯來早立其側問道亞離士爾想甚麼想上這譙樓一游麼我陪你去一面說一面向空中亂指亞離士連忙答道不是不是我登高時要昏眩的列曼笑道暈眩這種事情都不能習慣麼不行不行亞離士還不肯無奈列曼苦勸不已只得懶懶的同到譙樓但見古壁圖雲飛甍入漢眞好個所在列曼令門守開了門偕亞離士拾級而上其中冷氣森然昏不見掌亞離士已渾身寒栗不能復耐行了幾百級目眩

頭暈幾欲仆地大叫道我不上去了列曼怒叱道你如此懦弱是個支那學校請安裝烟科學生的胚子能旅行地底的麼亞蘼士不得已揹着列曼衣襟戰戰兢兢竭力向上不一時竟達絕頂開眸一望則飛雲如瀑御風而馳輕帆疑鷗浮游波際瑞士的海岸正返照入兩目之中其景色之高尙偉大爲生平未曾夢見約一時後乃徐步下樓亞蘼士纔覺筋骨爽然如釋重負然年齡方幼未涉征途受了一點鐘的冒險教育不免又生游子天涯之感幸而得了一個朋友是法國人漸相契合或探古跡或游梨園拿這人作了拄杖始免羈旅之苦蓋丁抹梨園華麗甲天下優人之尊世無其匹有入大學兼修數種學科而卒業者有出入宮禁王公大臣爭來交驩願爲其義子從僕而不可得者云

第三回　助探險壯士識途　紓貧辛荒村駐馬

小說

前回說亞蘺士自得了法國朋友。觀劇探幽。頗免羈旅之苦。然華年易逝。不覺又過幾時。行期益迫。湯珊氏便送了三封紹介書。一致雷如惠克府長官。一致大教正。一致府尹。囑其善爲招待。至初二日清晨。將所有行李。均搬入「華利吉獵」艦。艦內艦長引兩人進了船室。雖小僅容膝。然種種裝飾。却精美絕倫。頗堪娛目。少頃。瀛笛磔磔然鳴了幾聲。飛沫激舷。遺煙如綆。已向茫漠海原間駛去。亞蘺士登高遠眺。極目無垠。白雲在天。波靜成縠。景色偉大。嗒焉若忘。然偶入船室。則即聞老叔父唁唁然的聲音。促膝相對。愈無聊賴。好容易過了兩週間。已抵哈邮呵圖港口。哈邮呵圖者。衣蘭岬首府。雷加惠克之郊外也。其北有峯。上凌天末。積雪皚皚。遶以游雲。列曼望見之。大喜指謂亞蘺士道。此即火山斯捺勿黎。斯捺勿黎也!! 汝盍視之。亞蘺士那有如許工夫來看火山。只管招呼行李。舍舟上陸。又把三封紹介書。交了郵局。諸人知之皆大歡迎欵待優渥其中雷加惠府的博物博士弗力克孫。與亞離士尤契博士善臘丁語負盛名好賓客而亞離士則寂寞寡儔殆將匝月畧一跳蕩老叔父輒呵責隨之今不意得博士一見如故羈思爲春天涯游子喜可知也

雷加惠克府者。爲火山脈地。以繁庶稱。彼都人士熙熙有古風紀元八百六十一年頃有海盜曰那獨治者漂流至此遂率從卒與土蠻戰殲之華蕗襤褸以啓山林漸而占有全島名之曰衣蘭岬今之盡力以敎島民開文化爲已任者即弗力克孫博士風土習俗知之最深列曼及亞離士就之請益者日必涉數時間一日。列曼乘間勸道君能從我作地底游乎弗力克孫悵然道固所願也無奈土人留余逆之恐不利列曼道。君隱遯于未闢之區余深爲君惜弗力克孫微笑不答薦一獵師爲兩人作導者列曼稱謝而別次日

果有一壯士氣象威猛自稱獵夫梗斯踵門求見亞離士見其儀表非凡歎喜不迭忙出來應接無奈這人操着丁抹語言亞離士毫不能解面面相覷默然無言只得請出老叔父來咭咭咶咶的譚了良久纔知雷加惠克府中雖有水路卻無舟楫欲至火山左近必須陸行此時送行之人已擁擠了滿屋列曼也不暇應酬只管摒擋一切檢了各種器械及磁石顯微鏡輕便電光鐙等幷六個月的食物裝入馬車與諸人作過別跨馬登程梗斯徒步向前登山越嶺如履平地然衣蘭岬種的健馬也不劣于梗斯無論積雪暴風危巖峻坂都無畏怖三人兩騎如離弦的弩箭一般蹴衰草踰藪澤沿寂寞之海岸入陰鬱之森林漸與叫懷黎吉留的寺院相近馳驅終日大覺疲勞然衣蘭岬地方與歐洲大都不同每逢六七月間則杲杲畋烏終夜不沒故雖近午後七時仍如白晝惟烈風砭骨漸覺肌膚生粟而已少時抵一古村

向民家借了宿村中民情淳樸古道猶存欵客者雖無非蔬食菜羹而其意卻十分周摯小兒遶膝馴不避人女子行觴嫣然勸客亞離士覩此情景疑入桃源歡喜無量歎道文明之歐州此風墜地久矣翌日列曼報以金拒不受三人遂殷勤道謝策馬趲行

列曼等一行三人曉行夜宿看看漸近火山走路也十分艱苦沮洳沒體荆棘鉤衣人馬皆爲勞瘁然都勇猛前進不萌退心又數日竟到所謂四無人踪惟石岩嶤的所在但見幽泉暗流鳴禽巧囀許多火石岩更爲奇絕有似鬼怪的有似美人的有似動植的有似刀斧的怪章詭質栩栩欲生凡諸草木諸金石無不殊特珍奇震駭心目列曼顧四面不暇究詳口裏說着什麼偉哉夫造化大有流連忘返之狀既而懷黎吉留寺院已在目前寺中住持衣垢衣履敝舃扶杖出迓蓋此寺中僧侶皆或獵或佃自食其力與自稱

持齋念佛之混帳行子不同故衣履亦不遑修飾然其性行卻皆堅苦清白邇于神人道氣盎然現乎其面昔衣蘭岬島有詩人曰大羅克遜者曾幽棲于此有詩云我生七十年未離乞者相力田自食沖澹無爲至一千八百二十一年溘然蛻化四鄰居民亦均有遺世獨立之槪其地之高尙可知亞離士等三人即駐馬於此寺僱了幾箇土人令搬着行李向火山口進發途中列曼與梗斯兩人縱論火山諸事漸涉危險列曼笑問道君能從我游乎梗斯大笑道上窮碧落下黃泉吾猶不懼況區區火山口乎吾往矣亞離士突然問道叔父不怕失道麼此地險甚列曼道胡說你隨我走不必怕的亞離士默然極目所見除草木鹿豕外幾無別物憂懼殊甚只得又問道火山噴火之前是呈如何徵候須問明土人纔是列曼怒叱道你平日的學問都忘了麼不信我的話麼我已說過不會錯的兩人且語且行已至一峽火山飛

小說

灰漫山皆是餘氣勃勃蒸成白雲列曼道這不是已經噴火過的憑據麼决無危險的亞離士口雖應是心中終難釋然遞夜息旅館中憂思過深屢見噩夢大呼而醒者數次此六月二十三日事也

第四回　拚生命奮身入火口　擇中道聯步向地心

這斯捺勿黎火山高五千仞戴雪負雲每逢噴火時照耀四方雖深夜亦如白晝亞離士及列曼兩人跟着梗斯彳亍前進路細如綆不能容足亞離士至此始將物理及測地學之原則參照所見獲益甚多又察地質知衣蘭岬島往古必潛海底火力鬱盤一激而上遂爲陸地更不知經幾何的人治天行乃成此境点首太息徘徊不前此時路道大難危險無匹凝結的火石光滑如玻璨一般不能托足二人口裏呼着滑滑連爬帶走緊隨梗斯不肯稍退無奈越高越滑列曼一不留心忽向下滾幸而所持鐵杖鉤住了火石階

小說

級。始免墜至山脚之禍。到三点鐘時。已抵三千二百仞的高處。冷氣如氷。拂面欲裂。亞蘿士血色已失。寸步難移。連列曼的老好漢。也氣喘不止。身如負重。大呼道。梗斯梗斯。暫且歇息罷。梗斯向前指道。將到絕頂了。略耐一刻。快走罷。列曼無法。只得槌着梗斯。拄着杖。佝僂再走。忽見塵埃石塊。乘着旋風如大鐵柱一般。當面撲到。梗斯大驚。忙驅兩人。躲在山窈裏面。纔能避出旋風。已蓬蓬然向前飛去。梗斯道。這是常有的。倘若躲避不迭。我等都不免化成齏粉。亞蘿士聞言。心甚驚懼。豫計行程。約須五個時間。始達絕頂。騎虎難下。暗自擔憂。加之空氣漸稀。呼吸亦迫。宛如失水的魚。張着口。喘息不已。幸而夜間十二点鐘。竟至火口左近。向下一望。僅見浮雲足底的太陽青光熒熒。不能普照。覩其陰森慘憺的情形。幾疑非復人間世界。梗斯取出麪包。各飽餐了一頓。臥地歇息。岩石之冷。氷人欲殭。片刻後。又向南方進發。偶瞰下界。邃谷如盂。大河如絲。而廣厦重樓。則已不可復辨。列曼遙指西方道。此格林蘭角島也。亞蘺士抬頭看時。果見西方彷彿有若雲點者閃閃天際。驚問道。這就是格林蘭角島麼。列曼道。正是。然與此處僅距三十五萬尺而已。亞蘺士再取望遠鏡細視。大喜道。果然果然。我連在水邊游泳的白熊都看見了。列曼指一高峯。從前曾由此經過者。問梗斯道。此峯何名。梗斯端詳了一會。答道。名曰斯慍武烈者。即此是也。

是時斯捺勿黎火山已在目前。光澤瑩然。形如覆釜。周圍直徑凡五千尺。深約二萬方尺。探首俯視。杳如黃泉。梗斯從囊中取出繩索。繫在兩人腰間。叫道小心。小心!!竟引入杳杳冥冥的黑獄之內。到十二點鐘。已達中央。偶一舉首。惟見青天一規。蔚藍澄寂。寒星炯炯。微生茨角而已。洞中復分三岔。直徑約各百趺。得深淺不知。晝夜莫辨。列曼站在中央的岩石上。放聲大呼四壁震應。亞蘺士驟聞之。疑其墜入深坑之內。高呼救命。戰慄不知所爲。列曼冷笑道。我好好的在此。儞喊救做甚。亞蘺士纔覺放心。急走近列曼身傍。兩手在列曼頭上亂摸。列曼笑道。我說在此。儞還不相信麼。然梗斯如何了。梗斯忽冷然答道。我倦欲眠。略紓辛苦。君等盍亦少安乎。亞蘺士列曼兩人。便也摸索至梗斯身邊。曲肱而臥。然洞穴之中。風聲如嘯。輾轉終夜。難入睡鄉。迨第二日。忽遇霖雨。淅淅不止。直至廿八日晌午。始見赫赫日光。射入洞穴之內。列曼忻然指着中央一穴大聲道。此即達地球中央之道也。亞蘺士乎。梗斯乎。其從我來！于是兩人亦摸索而行。到了洞口。測其直徑約百跌得。周圍三百跌得。僂身一窺。深杳不知所屆。毛髮爲之悚然。亞蘺士戰戰兢兢。捉着梗斯的手腕。暗自悔恨道。余當初偶登譙樓。便生厭惡。早知如此。倒不如多登幾次的好了。列曼忽說道。儞們各把行李分開。負在背上。然後下降。亞離士道。若粮食諸物。則我能背負的。然衣服繩索梯子。將如何處置呢。列曼道。把他摔下去就是了。亞離士大驚道。摔下去麼。列曼見他又發呆。問。便大聲道。這何足爲奇。倆何必如此大驚小怪呢。你看你看。遂命梗斯將粗重物件。都摔下洞去。刹時而盡。惟留下輕便的傢伙粮食。分作三包。各負于背。梗斯在前。列曼及亞離士後繼。徐徐走入深奧。雖有電光鐙然發光如豆。僅足照見方寸。仍是黑魆魆的不辨路徑。高低漸走至百跌得的所在。則陰氣蕭森。豎人毛髮。土石崩墜。悉率有聲。嶮巇不可言狀。約半點鐘。忽听得梗斯大呼道。不要進來！諸君不要進來!!

第五回　假光明造物欺人　大徼幸靈泉醫渴

卻說亞離士及列曼聞梗斯之言。慌忙立住。梗斯道。呵！倆看前面是甚麼東西。莫是妖魔窟麼。兩人定睛看時。果見遠處彷彿有光閃閃作怪。列曼大聲道。莫慌決不要緊的明日一看便知底細。亞離士亦大聲道不是出路麼列曼道。或者有之亦難豫料今日姑休息於此清晨再走罷梗斯遂取出食物。羅列地下三人團坐而食食畢就睡不表次日醒來越覺前途似有一綫光明照破黑暗世界面目衣服依稀可辨心中皆甚愉快列曼途中安慰亞離士道。儞看幽寂如此在家鄉剛勃迦時遇得着如此佳境麼亞離士答道幽寂。果然幽寂然未免有淒涼的樣子列曼道。儞怕麼以後不許再說這宗議論前路正長不可自傷銳氣的亞離士道叔父。儞開口便說前路究竟這前路何時能到何時纔息呢列曼傲然道據理講來這洞穴之底必與海面平行故能探見瀛奧便可遄返了列曼左手提着電鐙右手執杖且行且語。已出了一道長廊大笑道。所謂出路居然到了亞離士大失所望狂叫道唉！所見光明乃即此物耶原來前面石壁間排列着許多天然結晶的石片棱

小說

角修整如加琢磨光怪陸離互相掩映宛然七寶裝成的世界加以映着電光愈顯得十色五花繽紛奪目三人賞觀良久復向前行踏着從岩上墜落的疎土足下蘇蘇有聲疑行秋徑到夜間五點鐘檢一地方豫備安息穴中雖空氣頗稀。不够呼吸。然時有微風吹拂。披襟當之。倒覺滿身愉快。于不知不覺間入了睡鄉。次日臨行。亞蘺士取出水囊飲了幾掬。忽然埋怨道。我久已說過多帶些水來而叔父偏說地中必有石泉不消携去今我們已走了這許多日子可有一滴石泉看見麽此番便不燒死也一定要渴死的了列曼道。不消着急倘怕沒水喫麽囊中的水飲用五日尚綽綽有餘那時更行向前石泉不知多少諒倘還喫他不盡哩亞蘺士道。向前？前面難道與後面不同未必有罷列曼道。再進深處時覺溫度漸增必遇泉水倘若沒有倘回去就是了亞蘺士見列曼發怒。不敢再說。卻曲而行。蓋爾時已在深六千跌得之處矣。

至七月二日。忽遇十字隧道。三人毫不猶疑。仍向前進。其他旣無微光。又甚狹窄。亞離士大懼。問道。畢竟往那一方走。纔是。列曼不答。折而東行。兩人只得跟着。或佝僂。或匍匐。難易莫擇。艱辛萬狀。蓋地中旅行。旣無先導。復無把握。不同在地面上。有地圖羅盤。指示方向。祇憑着列曼指揮。向前亂撞。倘偶然大意。不消說是難免有性命之憂。然梗斯是個獵夫。不曉得憂深慮遠。惟亞離士思前想後。步步生愁。將四面石壁。端詳了一會。對列曼道。觀此洞穴的兩傍岩石。大有漸近地面之狀了。列曼道。儞莫亂想。我們極難的地方。已經過了。不知多少。便是漸近地面。有何可怕呢。亞離士大聲道。眞的眞的。我們此刻走路。不是像登山一般麼。列曼怒叱道。胡說。亞離士爭道。胡說？是山！一定是山!! 列曼置之不理。縱身飛跑。亞離士沒法。也只得拚命疾走。

忽見電鐙的光返照稍薄。知岩石之質已與前者不同。便大叫道。啊！地球第二變革時代的岩石到了。列曼道。儞又來胡說。亞離士道。我是在此攷察學問。儞莫听錯了。便提起電燈照着岩上的石灰沙土給列曼看。列曼默然。亞離士暗想道。儞也有閉口的時候的麼。然終日說話不止。又覺口乾。便向列曼要水。列曼道。囊中已無滴水。待前面覓得時再飲罷。亞離士不語。過了半日。大叫道。口又渴。足又疲。不能走了。列曼大怒道。儞故意紓滯想回去麼。已走了這許多路。能回去的麼。便來攙着亞離士的手。挽之前行。亞離士且走且說道。昔哥侖波之探亞美利加也。在舟中合掌誓神。以慰憤懣不平之麥多羅士曰。汝姑忍之。若三日後不遇新洲。則誓歸故國。今我亦誓于神。告我叔父曰。若一日之後。尚無泉水。我也只得回去的。列曼應道。甚好甚好。若再無泉水。我亦偕汝言歸。汝姑忍之。此時疾行如飛。又進了● 一條隧道。久之久之。仍不見有泉水的形跡。連強項的列曼。也只可嘆一口氣。翻身臥倒。束手待斃了。三人張着口。渴不能耐。喉痛欲裂。亞離士伏在列曼身邊。喘息不止。梗斯則四處亂鑽。尋覓泉水。忽然不知所往。今也兩人希望已窮。焦渴欲死。殭臥飲泣。慘不可言。倏見梗斯從對面跑來。盡平生之力大呼道。域顛！域顛！！列曼聞了。一躍而起。曳着亞離士沒命的飛奔。原來「域顛」爲衣蘭岬島方言。即「水」的意思。所以列曼聞之。如得神托一般。歡喜無盡。忙問道在那裡！？梗斯向前亂指。遂隨之行。約二千跌。得已聽得淙淙然的聲音。料不在遠。列曼大喜。額手道。此正石泉也。亞離士至此。神色稍定。聲嘶道。流水麼。列曼撫其背答道。正是。正是。然覓了良久。終不見石泉的所在。子細聽時卻在後面。越走越遠。水聲越微。三人十分憂悶。只得返身回來。梗斯靜聽片時。忽從腰間取出鐵錐。向石壁擊去。亞離士大驚道。危險。危險。倘鑿開石壁積水湧出我們不要溺死的麼列曼道。不妨不妨……泉伏石中我竟未曾想到眞昏瞶極了梗斯神色從容穿了兩跌得已達泉脉飛泉如弩箭一般直向外射亞離士急用手去掬忽大叫一聲退了幾步滑倒在地列曼大驚道爲何爲何亞離士呻吟道痛甚這水是沸的列曼回頭看時則水中蒸氣已向上冒臬臬如霧瀰漫穴中梗斯取出器具接了泉水放在地上尙未冷透亞離士已爬過來牛飲而盡三人又分飲了數盂列曼道此鐵鑛泉也故臭味如此梗斯又將水囊裝滿就近搬了土石把孔塞住然流水已湯湯遍地。復從穴間滲出不止。三人至此始復人色。惘然久之。列曼道此水任其自然就下之性。不必理會。亦無什麼危險。我們權息于此待明日再走罷。于是檢了一處乾燥地面。一同休息。是日過于疲勞。一臥倒便都酣然睡去。雖水聲潺潺。不復能驚夢寐了。

第六回　亞蘺士痛哭無人鄉　勇梗斯力造渡津筏

卻說翌日醒來。都忘苦渴。亞蘺士銳氣勃勃。勇健如常。奮然在前。棹臂而進。且放聲高歌。震得兩傍石壁。皆嗡嗡作響。自勵道。以後再不可卻退了。至八点鐘。這一道長廊。仍然迂迴紆曲。如臥長蛇。惟覺偏向東南。非一直綫。溢出的泉水。亦洶洶下流。不舍晝夜。若追踪逐跡者然。列曼道。水必就下。迄于地心。我等隨之。行終有達地底之一日。三人曉行夜宿。不覺到了十二。彷彿已至雷加惠克東南方。三十迷黎的所在。迨十七日。又下降了七迷黎。大約自斯捺忽黎火山算起。已在五十迷黎之下。亞蘺士想及此。忽然拍手大笑。列曼在後問道。儞笑甚麼。亞蘺士道。我既居衣蘭岬島之直下矣。怎麼不笑呢。列曼也笑道。正是正是。儞的話一毫不錯。便取出磁針測量器寒溫表等。將遠近縱橫。寒溫方角。細細檢查了一遍。說道。我們已過皤蘭特岬。不消幾時即可在大海之下矣。亞蘼士道。正是我們將到大海之下了。我們頭上必有悲風煽水怒浪拂天鯨鯢嘯吟鰐魚蠕動的情景。旅客一嘆舟子再泣。誠足憂悲不可說也。彼等豈知乃有忘人間世而生活于地球裏之我輩哉。三人跟着流水。又向前行。出長廊。經洞穴。過崎嶇之險道。攀崚嶒之危巖。轉瞬之間。已將半月。雖然辛苦。然以較從前。則還算平安無事。一日亞蘼士居前。進了一個洞穴。岩石磊落艱險無倫。偶不措意忽跌倒于地。所提電鐙正磕在一塊尖角石上。嘩啷一聲碎爲微塵。亞蘼士躺了半日爬得起來。列曼已不知所往。只得竭力大叫摸索而行。不料這個洞穴竟是一條死路。愈走愈狹漸難容身。四壁闃然不聞人語。想列曼等兩人已從他道走遠了。亞蘼士身上又痛。心裏又愁。路徑又暗。一步一跌的出了洞穴。仍然不見有一点鐙光。暗想追着流泉或能相見。然無奈電鐙既熄。流水無聲。不知往那裏走纔是一時萬慮攢簇心頭。忽目眩耳鳴。伏地不能起。忽覺身上冷汗沾衣。用手一摸。嗅之微有血腥。知皮膚已受擦傷。然窘急之餘。竟不覺十分疼痛。定神細想。悲不自勝。恨列曼。罵梗斯。憶洛因。大聲道。汝以謂我尚旅行地底乎。吾死久矣。說畢淚如雨下。停一會。只得又站起來。大叫道。叔父！梗斯！彷彿似有應者然。側耳細聽。則無非四壁反應的聲音。如嘲如怒而已。亞離士沒法。按定了心神。匍匐而前。大呼不輟。耳畔忽有聲道。亞離士……子細聽去。卻又寂然。又忽見前途似有一點火光。熒熒如豆。自思道。莫不是我目中的幻覺麼。擦眼注視。果然還在。只聽得又呼道。亞離士！亞離士！亞離士至此。眞如赤子得乳一般。止了哭。拚命向鐙光跑去。果然見列曼提鐙迎來。大呼道。吾亞離士。汝在此乎。亞離士忙搶上前。追着列曼。又啜泣不已。列曼坐在地上。喘息道。我疲甚。汝其告我。亞離士遂將失散情形。一一告知列曼。列曼也有悽愴之色。自責道。我過矣。我當初聞儞叫喚。疑儞在後撒嬌。故置之不理。放步前行。孰料汝竟狼狽至是哉。嗚呼。我過矣。遲了良久。儞竟不來。倚耳壁間。亦不聞聲息。我乃返身搜尋。不期相遇于是。此我之過也。苦汝甚矣。握着手惘然不知所爲。時適梗斯踵至。看見亞蘺士。便說了一聲「猗特臺」（譯言佳日） 亞蘺士道。唉梗斯。此時何時。今日何日乎。列曼道。汝憊甚矣。前面地方。較此稍好。再走幾步。畧爲休息罷。這些話明日再譚。于是列曼及梗斯兩人。攙着亞蘺士。彳亍前行。到一處寬濶地方。一同坐下。亞蘺士又問道。今日究竟何日呢。列曼道。今日八月十一日矣。亞蘺士點頭閉目。靜息似聞有波濤洶湧冲激斷岸之聲。心中大疑。暗想道。眞耶夢耶。抑我腦病耶。開眸看時。則又見有一道光綫。與日光相似。不覺又甚驚疑。正擬定睛細看。則列曼已從對面過來。在旁邊坐下。拿着一塊麪包。遞給亞蘺士道。儞且喫此。善養

小說

精神我們明日要泛海了。亞離士瞿然道明日泛海？海在那裏？船在那裏？列曼笑道海麼名曰列曼海。亞離士問道列曼海？這海難道是叔父的麼。列曼徐徐荅道發見此海乃由我始故名列曼以誌不忘。亞離士大喜慌忙喫了麪包一躍而起向前急行。不半日其地忽然開豁別有一天。苔菌繁生青林欲滴。出了樹林巳見大海如鏡微波鱗鱗。三人相視喜色可掬。在海岸邊縱覽植物則奇艸珍木交互枝柯多爲世間有名植物學家所未經夢見。入夜露宿海邊。一夜無話。次日亞離士健康已復。游步荒磯。列曼勸道此海水與地中海無異。設能游泳頗益身體。汝盍爲之。亞離士依言解衣入海。沐了浴起來。則梗斯已炊晨餐。羅列岸上。三人共食覺芬芳甘美。與平日不同。食畢梗斯收拾了器具。持斧自去。亞離士及列曼兩人談論了許多湖水成因的道理。及推測這大海之廣狹。造船之方法。不一會梗斯汗流滿面飛跑回來。向前指道。造船的樹木已砍來了。兩人忙走去看。樹形甚奇。列曼道。此是什麼樹木。梗斯道。這就是生在海底的樅松及其他之針葉樹。正可以造船的。便拿起斧來。或削或砍。無異一個大匠。至第二日。居然告成。亞離士取出極韌的繩索。編了一艘大筏。長十趺得。寬五趺得。列曼見了。不勝歡喜。擇八月十四日晨。拖筏下海。上面立一支桅檣。掛着衣服。權作風帆之用。三人上了筏。列曼道。把此港立一佳名纔是。亞離士忙答道。名洛因港何如。列曼看了亞離士一眼。拍手笑道。好極好極。以後呼作洛因港就是了。梗斯取起木篙。推筏離岸。此地空氣稠密。壓力大增。加以西北風飄飄吹來。風帆飽孕。早已放乎中流。直指彼岸。列曼道。如此速率。二十四時間可行三十迷黎。登陸之期。當不在遠。亞離士危坐筏首。仰視晴昊。俯聽波聲。歎喜不盡。遂又拍手高歌起來。其歌道。

小說

進兮進兮偉丈夫。日居月居浩遷徂。曷弗大嘯上征途。努力不爲天所奴。瀝血奮鬭紅糢糊。迅雷震首我心驚慄乎。迷陽棘足我行卻曲乎。戰天而敗神不痛。意氣須學撒但矗。吁嗟乎。爾曹胡爲彷徨而踟躕。嗚呼。（撒但與天帝戰。不勝。遯於九地。說見彌兒敦『失樂園』。）

第七回　泛巨海垂釣獲盲魚　入戰場飛波現古獸

卻說三人從洛因港解纜後。好風相送。一剎時已前進了許多路途。遙望洛因港靑如一髮。隱約波間。既而竟不可辨。惟茫茫海原與天相接。其中有一筏與三人而已。至八月十六日。西北風起。筏行更疾。知離岸已約三十密黎。加之晴空如洗。大海不波。其愉快誠不可言喻。梗斯樂甚。自語道。這海中有魚沒有。便取出一支釣竿。用一粒麪包作餌。垂入波間。少頃向上一提。竟得小魚一尾。潑剌筏面。列曼驚喜道。魚麼。亞蘭士道。此即「阿蓄蟄兒」魚也。兩

小說

人子細看時却又不然其頭頗圓其口無齒鰭雖尙大而尾則無博物學家皆列之「阿蓄螯兒」族中實非眞的「阿蓄螯兒」魚也此魚生于荒古種類甚卑又無雙目列曼指着魚頭說道。此佛帖力魚之屬耳亞蘺士道正是正是合衆國侃達吉州地下洞穴中的盲魚眞可謂無獨有偶了列曼道。不然。此種盲魚與地球上者異即如澳國西南部卡拉紐賴州的地下洞穴中棲有鯇魚之一種曰「布羅鳩士」亦爲盲魚然去其外皮則內仍有發育不完之双目試抉而檢察之知其幼時之構造本與他種脊椎動物中之魚類無殊特水晶體欠缺及網膜之色素層不完全而已蓋此魚在荒古時本具烱眼後因棲息黑暗世界視官無所爲用發育乃停遺傳久之遂成此相而此佛帖力魚則原與此種不同亞蘺士點首受敎。隨問梗斯要了釣竿。一連釣了許多。大地之中竟獲海味以充庖厨。三人不勝忻喜。波路壯濶。彼岸難望。

不覺又是幾日。所見生物。類皆珍奇瑰恠。不可究詳。亞離士本好博物之學。際此幾忘飢渴。尤奇者爲飛鼉。像蝙蝠一般。生着兩扇肉翅。頸修。以蛇喙利于鳥齒如編貝。凡六十四枚。足有銳爪。可以升木。若登陸時。則以前足步行。各國動物學家。尚無定論。有說是屬鳥類的。有說是屬蝙蝠類的。有說是屬水陸並棲的飛族的。許多碩學鴻儒。終不能下一明確的見解。亞離士見了。又驚又喜。忙繪成圖形。不免又同列曼討論一番。議論雖皆新穎可聽。惜此間不暇細表。

到了十七日。仍是彌望汪洋。毫無陸影。亞離士久居海中。漸覺怏怏。列曼亦有不樂之色。取出望遠鏡。向四方眺望了良久。忽把望遠鏡向額上一椎。問道。儞想什麼。亞離士道。我沒有想。列曼道。否否。儞頗有不樂之色。必定又動鄉思了。儞須曉得筏行雖速。海路甚遙。不能性急的。說罷面有怒色。亞離士暗想不知他有何不悅。却來拿我出氣。遂索性返問道。當離岸時。叔父說至地底。不過三十密黎。今已經了兩倍的路。……列曼大聲道。走這小海。如在沼中作滑氷之戲一般。又何必怕呢。亞蘼士只得低頭不語。過了一日。也與往時無異。惟覺淸風徐來。心地爲爽。亞蘼士忍不住又問道。這海的大小。莫與地中海波羅的海差不多麼。列曼點頭。取出一條繩索。繫了鐵錐。垂入海面。意欲測其深。卒孰料二百賽尋（度名）還不見底。想收回索子時。則如釘入海底一般。牢不可拔。遂呼梗斯相助。用盡氣力。纔收了上來。梗斯一看。向列曼咭咭咶咶說了許多話。亞蘼士雖不解衣蘭岬方言。然察言觀色。料知必有怪異。忙搶鋏錘看時。則上有齒痕一排。歷歷可辨。大驚道。怪極！梗斯隨又取長衣當作風帆。疾行前進。亞蘼士暗忖道。設倫敦博物院所藏開闢前巨獸之遺骸。復生於今日。則或有如許魔力。然此種動物。滅迹已久。莫非剛勃迦府博物館所藏三十跌得大守宮一類的東西麼抑是潛伏海底的鱷魚呢越想越怕。兩目直注海面。不敢稍瞬。然至二十日。仍無變怪之事。三人頗爲安心。是晚波濤不興海面如鏡木筏悠悠進發竟漸顚簸起來飄風倏起雜以微腥梗斯遠眺良久忽向前一指亞離士忙舉頭一望乃是兩箇黑靑似的怪物失聲道啊大海豚！列曼道不是不是這是極大的海棲守宮……亞離士大呼道也不是……這鱷魚！妖怪！！三人至是不免心慌再定睛細看則一如牛頭一似蛇首巨眼裂腮露着白巉巉的尖齒燦如列双那牛頭上忽噴出兩道海水若水晶柱一般直射空際還墜海面淜湃有聲亞離士已嚇得面如土色忙叫道脫帆！脫帆！！梗斯搖搖手彷彿說是聽天由命的意思亞離士發恨道天是靠不住的快自己設法罷然此時木筏已趁着順風愈走愈近列曼忽道這兩獸爭鬭起來了亞離士道這來附和的不是許多海龜蜥蜴壓梗斯道海獸實止兩匹此外惟激浪而已列曼不語取出望遠鏡看了一會說道。原來這就是往日在殭石中所見的魚鼉與蛇頸鼉兩物地球表面雖久絕迹而不意尚生活于無人之鄉我輩眼福誠非淺鮮說時遲那時快木筏又前進了不少兩箇怪物分明如繪魚鼉長約百餘趺得運動敏捷遍身浴血怒目如燈蹴着荒浪獰猛不可言狀蛇頸鼉則身被堅鱗把三十趺得的長頸伸出水面張開血盆巨口奮力激戰頹波如山直擊筏舷搖搖欲覆列曼及亞蘺士取了鎗裝好彈葯瞄定兩箇怪物以備不虞少頃。兩獸似已困憊畧一游泳便悠然而逝三人始喘過氣來停不一會只見一條長頸復伸出水面向四圍鶚顧列曼忙取鎗時却又鑽入波裏杳不可見惟聞動水激筏淙淙作聲而已

第八回　大聲出水浮嶼擬龍　怪火搏人荒天掣電

小說

木筏箭激。忽脫戰場。到八月二十二日。氣候甚熱。風力益加。每点鐘竟能走至三密黎半。時近正午。酷暑如居熱帶中。水天而外。不復有物。三人正詫異間。忽訇的一聲。把聽覺最敏的亞蘺士嚇了一跳。便大嚷起來。梗斯忙升木檣。向四方眺望了良久。俯首說道。沒有……沒有東西。列曼道。這不過波浪沖激暗礁而已。何足驚怪。梗斯又子細察看。仍無所見。始都放了心。約過三時。仍是訇的一聲。宛如噴瀑。亞蘺士道。言一定是瀑布了。列曼搖頭道。未必未必。亞蘺士還款訝不止。木筏又進了二三迷黎。其聲愈强。硑磅不絕。暗想道。天上耶。抑海底耶。然仰視晴昊。則一碧無垠。浮雲都拭。俯察大海。則細波如縠。更無旋渦。大訝道。畢竟從何處來的呢。列曼不語。正欲取出望遠鏡。則梗斯已攀上檣頭。昂首遠眺。忽大叫道。不好！龍!!龍頭!!!那邊龍吸水了。亞蘺士忙道。快轉舵避難。罷列曼冷笑道。又來胡說。地球上有龍的麼。堅執

小說

不允亞離士糾纏不已纔把舵稍橫又前進了兩迷黎左右時已薄暮暝色籠空。只聽得大聲轟然較前更厲三人忙向前看時則正是一個怪物形如浮島長千賽尋其色黑黝遍身窈凸頭上噴沫成柱上接太空往昔聽取的便是這噴水的聲息亞離士大驚道快回轉罷！快回轉罷!!列曼尚未答應梗斯忽笑道哈哈。原來是座浮島却來裝着怪相嚇人列曼問道龍頭呢梗斯道就是噴火的所在名叫「噶舌」的傢伙了列曼聞言覷着亞離士拍手大笑亞離士不免慚愧自恨道人說劍膽琴心。我爲何偏生着琴膽以此揣事。每陷巨謬。奈何奈何。想至此。又怕叔父嘲笑。愈覺刺促不安。幸而列曼也不再提及。漸行漸近。果然分明是座浮島。吐火赫然。列曼命停了筏。三人登島巡游。梗斯不肯。只執着長篙鵠立筏上。忻然在那裏眺望。兩人便跨上埀岩循着花剛岩石前進足下沙石疎鬆著履欲陷少頃見前有瀦水蒸氣

小說

升騰亞離士即取寒暑表插入水中知其熱度在百六十以上游覽既遍甚爲忻喜便名此浮島曰亞離士嶼徐步回筏則梗斯已豫備妥洽離岸首途。繞出南岸。順風駛去。此時離洛因港既二百七十黎。衣蘭岬島既六百二十密黎。一筏三人。正居英吉利之下。至八月二十三日。新發見的亞離士嶼已隱見筏後。未幾水氣冥濛陰雲黯澹那恃爲性命的電光鐙已如濃霧裏的秋螢慘然失色愈進愈暗種種奇雲更不可縷述或如亂絲或如積絮亞離士道此暴風之朕也從速準備說還未了盲風驟來大霧垂空釀成電氣引着三人毛髮爲之森立至十時頃黑雲如磐昏不見掌亞離士急問道怎好呢列曼口雖不言心中也不免着急命梗斯停了筏。泛泛波間。四面淒然。天地闃寂。亞離士忍不住又大叫道。叔父快卸帆罷。列曼怒道。莫慌便觸着岩石。筏沈了。能算什麼。說時遲。那時速。遙望天南也生闇色雲犇風吼白雨亂

小說

飛三人如不倒翁一般只在筏上亂滾。亞蘺士怕極匍匐而行正摸着列曼列曼故意道如此風景好看極了亞蘺士沒法定睛偸覰梗斯則黑闇簸中橫篙屹立暴風吹面虬髯蓬飛其勇猛奇詭之形宛若與魚鼉蛇頸鼉同時代的怪物。是時風雨益劇。帆布緊張。木筏搖搖。幾有乘風飛去之勢。亞蘺士只是叫卸帆。列曼只是不肯。剎那間電光熤然。飛舞空際。繼而雷鳴轟隆霰雹競落那波濤便如丘陵一般。或起或伏。亞士蘺已目瞀神昏。力抱筏檣。不敢稍動。幸此日却尚無事。至二十五六日。險惡仍不遜從前。雷電行天波濤過筏三人耳膜垂破眼簾比朦便想講話亦惟兩顚翕張更聽不到片點半語亞蘺士覓得石筆寫了一篇勸列曼卸帆列曼知拗不過始點一點頭方欲告知梗斯則訇然一聲如嗚萬礮聲中一團怪火色帶靑白向列曼劈面飛來列曼只叫得一聲阿喲已蒲伏梗斯足下梗斯獨岸然不懼睜着怪眼覷定火球只見這火球晃了幾晃又向梗斯射去此時連梗斯也不能不驚倒退了數步跌倒筏上待亞蘼士喃喃呼天則火球已不知何往但覺空中淡氣充塞呼吸皆艱意欲起身而宛若喫了蒙汗藥一般手足竟不能自主亞蘼士大詫道。阿喲怪物禁住我了。……列曼道。笨伯。這不是電氣的作爲麼。亞蘼士想了一會。果然有理。纔得安心。迨二十七日。風雨尚不休止。一葉木筏。無翼而飛。莫知所屆。三人也只得拚了性命。束手任之。惟風聲雨聲中彷彿似有岩石當波砰磕震耳子細推算大約既踰英吉利。達法蘭西的地下了所憾者眼前闇黑彼岸難望除了與筏沈浮直想不到一萬全的方法亞蘼士身軟神昏似睡非睡恍惚覺木筏正觸着岸邊偶不留神遽翻身落水待呼救時則海水湯湯入口苦悶不可名言幸梗斯頗善于泅水忙跳入海中抓住衣領只一提已提到筏間避開了怒浪狂濤覓得一平易的所在停了筏。抱亞離士登岸。令靜臥列曼身傍。默然相對。梗斯又上木筏。搬取什物。列曼不忍坐視。也來相挈。兩人同在筏上。忽一個濤頭。撲着海岸。那筏被浪一激。直向後退。刹時間離岸已遠。人影模糊。不復可辨。亞離士獨臥沙上。欲起無力。欲叫無音。只瞪着双睛。自觀就死。掙扎了好一會。纔放聲哭叫道。叔父。！

第九回　擲磁針礦間呵造化　拾匕首碣上識英雄

卻說烈雨盲風。相繼者三晝夜。亞離士體力微弱。竟墜海中。纔得甦生。又遭大難。不免五內寸裂。悲極亡音。朦朧間。覺有人撫肩道。亞離士。你說甚。睜眼看時。原來仍臥沙上。叔父列曼。踞坐于旁。愀然道。儞道甚。見了噩夢麼。亞離士定一定神。始如釋了重負。揩去冷汗。放眼四觀。則天色雖尚不放晴。而風雨卻較前稍殺。梗斯取出石炭。賚些食物。勸亞離士加餐。然三日三夜。不得

小說

安息的亞蘿士。那裏飲得半滴。只是唉聲嘆氣。閉目不言。至第二日。彷彿天地五行都商量妥協似的雲雨全收暴風亦止三人頗喜氣力漸增亞蘿士自語道前日暴風竟不肯吹此筏到剛勃迦地底可謂不近人情了列曼聽得忙問道昨晚睡得着麼亞蘿士道正是叔父想亦如此列曼道我較平日更佳亞蘿士不語停一會忍不住又囁嚅問道叔父還要旅行麼列曼道早得狠哩走到地心便告畢了。亞蘿士道究竟什麼時候纔回去呢……說了半句。列曼遽道。爾莫再說這宗話了。不到地底極點。能回去的麼。亞蘿士不能再問。改口道。果如此則應先修繕了木筏。還有食物也不可不先檢點的。列曼道。汝言誠然。梗斯於此種事情頗能注意。我們去檢點一遍。就是兩人遂徐徐起立。且說且行。不數百步。見梗斯已拖筏上陸。執着斧補好了數處。許多物品。都挨次排列。有條不紊。列曼感極。走上前握着梗斯的手。說了許多致謝的話。梗斯只畧點頭。運斤自若。列曼歷檢什物。損失頗多。幸最緊要的火藥與磁針等却均無恙。亞蘺士問道。食物呢。梗斯道。尚有魚肉麪包酒類。四個月餘。還喫不盡哩。列曼大喜道。好極好極。待我到過地底。然後回家還可招親戚故舊飽餐這不可多得的珍物哩。不是麼。亞蘺士說畢。鼓掌大笑。亞蘺士暗忖道。此老倔强猶昔。大約是抵死不變的。便隨口問道。我們離亞蘺士島。既七十密黎。離衣蘭岬島。該有六百密黎了。列曼道。可恨這暴風雨。阻了我的行程。然走過的路。大畧如此。我想列曼海。廣必有六百密黎上下。同地中海大小相彷彿的。亞蘺士道。叔父。我們可就在地中海的底下麼。列曼道。或正如是。亞蘺士又道。據此算來。離雷加惠克。已九百密黎了。列曼張着口。半晌不答。良久纔說道。據實說。則我們是否在地中海。或土耳其抑哀蘭迭克海下。即我也莫名其妙了。烈風暴雨。若磁針變了方向。叫我有什麼。方法呢。亞離士道。三晝夜間風力雖强。方向却似不甚變換。必在洛因港的東南。一看磁針。便明白了。列曼稱是不迭。忙取出磁針。注視良久。忽瞠目結舌。只看着亞離士不發一言。亞離士急問道。何如。列曼道。倆來倆來。跑過去看時。則尖端已不指南方。變了北向。兩人都大驚異。把磁針着實搖了一遍。放在地上。待其靜定。仍指南方。亞離士只是發楞。列曼却垂頭默想少頃。神色大變。仰首道。我們竟不得不歸原路麼。說至此。又俯首不語。左思右想終莫得其故。憤火驟熾。把磁針一擲。大叫道。天地五行。共設奸謀。寧能傷我我惟鼓我的勇。何難克天。從此照直綫進行。怕他作甚。天人決戰。就在此時了。又嘆了一口氣。突然起立。說道。天地五行。我與倆戰。一合罷。亞離士倆應曉得。競名好勝。惟人界爲然。我懸衣爲帆。聯木作筏。横行此杳不可測之黃泉。天地害我。五行阻我。叫我有什麼方法呢。亞離士見他如醉如癡。不知所對。搭趟着說道。久居于此。終非長策。總以前進爲是。列曼蹙着双眉畧一首肯。遽大踏步去尋斯梗。則木筏已修理整齊。拖入海面。一切什物。都搬運上筏。只待啓行。列曼也不言語。呼了亞離士。同到岸邊。梗斯本來是祗聽列曼命令的。即跳上筏。執了篙。鵠立以俟。時西北風起。空氣澄淸。呼吸爽然。較前數日有天壤之別。列曼忽揮手道。明天走罷。明天走罷。亞離士驚疑道。這又何故呢。列曼笑道。我平日只憑天運。遂得大禍。今日偏不走。要調查了這沿岸的形勢。纔得安心。權在此地宿一夜罷。於是梗斯又跳上岸。繫了筏。列曼等兩人徐步沙磧間。採了許多鱗介草木。亞離士犇走方將。忽見短刀一柄。不覺稱異。拾起看時。則土花陸離。似已廢棄多日。急跑去告知了列曼。列曼亦大驚。想了良久。忽道。定是儞瞞着我。從家裏帶來的。亞離士道。如果是我的。此時又何必來對叔父說呢。列曼道。然則必是梗斯的了。衣蘭岬島人好帶短刄不知如何遺落于此呼來一問便知端的遂即呼梗斯至取刄示之梗斯搖首道。不是不是敝處除士人而外不能帶刀如我有此物還來給君輩撐筏麼列曼愈疑以手拍額遂恍然道此必有先我至此者！亞蘺士我們去搜索一過何如亞蘺士連聲應諾躐巖降谷各處蒐尋終不見有類乎人迹的所在比至對面岸角始得一穴與平常不同壁皆花剛(石名)深不可測兩人交口稱異沒命的趕至洞口……奇哉奇哉壁上竟掛着一方石造的遍額石液浸漬古色斑爛亞蘺士拭了雙目子細看時原來其上勅有文字而且是三百年前的文字遂高聲讀道亞崙……薩力耨山！

第十回　埋爆藥再鬭亞崙洞　遇旋渦共墮焦熱獄

啊……亞崙薩力耨山。！諸君知道歐州古時的事蹟麼。世傳往昔有個英雄。曾旅行地底者。便是這刻在石上的亞崙。可憐列曼捨命奮身旅行多日。

從此無量辛苦。都付逝波。只留下給我做小說的話柄。諸君倆想傷心不傷心呢。他摩挲老眼。凝視久之。終失聲大叫道。這就是亞崙開的隧道麼！亞蘺士笑道。容或有之。又向身旁一指道。叔父倆看。還有他的遺迹在這裏呢。于是手舞足蹈。向前便跑。列曼忙趕上前。一把抓住衣襟。一面伸着手招呼梗斯。命撐筏到了岸角。亞蘺士忻然道。幸而到了這裏。否則不知怎樣哩。不但亞崙遺蹟莫得而知。恐還出不了地底呢。又跳了幾跳。向四方亂指道。此後到瑞典。至俄羅斯。西伯利亞。又至亞非利加。更到那裏。到那裏……一直至地底。列曼看着亞蘺士。也不答應。只是点頭。時梗斯已登了岸。亞蘺士得空。復欲向洞中鑽去。仍被列蘺曼牽住。亞士大呼道。壯士一去不復還。毁了筏罷。列曼急禁止道。且慢且慢。先把石壁查察一過纔是。遂繫了筏。走近洞旁。審視良久。知廣約五趺。得望之窅然。其深則不可知。惟推究形狀。却確是一條隧道。三人放開膽。沿一直綫進行。不數丈。便有石塊。磥砢閉塞前途。先把向前飛跑的亞蘿士頭上。鑿了一個栗暴。亞蘿士連聲呼痛。回身便奔。列曼舉起電鐙。向前照去。則土花蔓碧。石骨撐青。更不見有可容一肢半節的微隙。列曼道。石塊麼。亞蘿士一手撫頭。一手摸壁。答道。不是不是。崩解的土石罷了。屢易星霜。自然如此。唉剛勃迦。我竟與㑚不能再一相見麼。列曼在後。擊着電鐙。焦急道。說甚夢話。快用鑿罷。亞蘿士道。這宗器械。能濟甚事。唉剛勃迦。列曼道。莫慌。我用爆藥……亞蘿士驚道。爆葯？列曼道。轟去土石便可進行。除了爆藥。有方法麼。即招了梗斯。命他按法裝置。加上引繩。至夜半。已告完成。亞蘿士上前道。叔父。㑚上筏去罷。待我來引火。列曼答一聲。危險。便伸手抱亞蘿士拖入筏間。梗斯用力一撐。離岸已踰十丈。三人六目。齊注穴中。只聽得轟然一聲。爆藥暴發。砂飛石走。激水成渦。海底汙泥。都如黑雲一般盤旋上冒餘勢捲筏竟飛出丈餘三人以手抱檣不敢稍動一個電鐙也匌的一聲乘勢飛入海中去了亞蘺士尚欲有言。無奈水火戰聲。如奔萬馬。即叫破聲帶也屬枉然。說時遲。那時速爆藥裂處忽生巨穴穴中旋渦奔躍如爆其力極偉看看已將木筏引入渦中三人懼甚各握着手以防墜水目花耳窒神魂飄搖但覺兩腋生風飛濤沾髮一葉木筏已以一點鐘三十密黎的速率飛渡盤渦向穴中射去亞蘺士叫道。‖亞崙的……！‖亞崙的……!! 少時略定伸手摸時則電鐙是不消說即器械餱糧也都孝敬了海若所幸者熱度表及磁針猶依然嵌在木隙亞蘺士知失了食物。不勝擔憂。兩頭翕張了好一會。仍默不一語。梗斯摸出火種。造了篝火。然如幽林螢火。雖有若無。微光熒然。微照筏首。列曼等握手匍伏不知所爲。既而亞蘺士道。叔父食物呢。列曼回頭瞧了梗斯一眼梗斯搖首道完了完了列曼大驚道。

小說

沒有了嗎。梗斯道。只有乾肉了。列曼頗爲阻喪。默默不言。未越一點鐘。三人皆飢。遂取餘剩乾肉。各食少許。咀嚼未畢。炎熇漸增。汗出如漿。呼吸迫甚。亞蘺士大呼道。溺死。燒死。抑是餓死。必不免的了。列曼支頤冥想。閉目不答。良久纔道。我只能束手待死。那留下的乾肉。索性也喫了罷。亞蘺士便分成三份。一分遞給梗斯。一分與了列曼。自己則胷膈欲裂。不得沾唇。惟梗斯沈勇如常。脫了帽。滿舀海水。交與兩人。亞蘺士靜坐少刻。忽嘆道。這是最後的食物了。便把乾肉拋入口中。拚命嚥下。時愈進愈熱。如居熱鏊。剛勇若列曼。也不覺潸然流淚。三人脫了外衣。又脫了褲。又脫了襯衣。仍是白汗如珠。滾滾入海。亞蘺士躍起道。啊。死了。我們到了礦物熔解的所在哩。列曼且喘且說道。豈有此理。亞蘺士道。豈有此理。倆說是那裏呢。叔父一面說。一面伸手向石壁上去摩。忽呀的一聲。指上早受了火創。忙縮回手。浸入海水。豈知海水亦熱如沸油又是呀的一聲忙把兩指啣入口中呼痛不止耳中又聽得爆藥應聲傳入穴底隆隆不絕若旋轆轤加以石壁震動土石交飛蒸汽都在上面凝成水滴霏霏而下一枚磁針也發了狂或左或右飛舞自如指無定向亞離士道死了。叔父地震哩列曼道不是亞離士道叔父你沒留心眞是地震了列曼微笑道這是噴火亞離士大驚道阿焦熱地獄!!列曼道豈不甚好麼亞離士道好!?偸看列曼舉動頗似泰然極少倉皇之狀大惑不能解馳想久之纔遣詰道叔父什麼甚好我們捲入火燄化爲死灰好麼列曼向眼鏡邊上射出眼光注定亞離士大聲說道唉亞離士你竟不知欲歸故鄉舍是……尙有方法麼

第十一回　乘熱潮入火出火　墮樂土舍生得生

卻說三人一筏刹時已趁着盤渦直入叫喚大地獄血液內凝列燄外熾焦

熱苦悶不可名言亞離士如死如生忽覺化爲死灰散布六合忽覺隨了木筏飛昇九天恍惚自思道這是北方麼還是夜蘭岬的地下呢還是愷噶兒火山的下面呢西邊隔亞美利加西岸五百密黎有火山山脈至于東方則緯八十度處亦有央曼島的愛士克火山可憐這筏不知向那邊的火山去尋死哩想了一會便又惘然。至翌朝覺身體震蕩更甚。掙起來向下一矚則木筏早已離海惟見下皆立石煙燄赫然傍有晷濶的兩條隧道色如潑墨蒸汽盤旋火光如金蛇下照幽谷亞離士驚極只叫得一聲叔父。列曼泰然道。這又何足爲奇呢。火山噴火的時候硫黃幷燃青光明滅是常有的。亞離士道。我固知道然這煙燄如此利害萬一捲了筏。……列曼道決不至此。倆放心罷。兩人問答未終。火燄竟較前稍殺。惟筏下濃厚物質滾滾如潮寒暖計已升至百度列曼道啊。！亞離士忙道。怎了。列曼道。筏停了。亞離士道。噴火歇了麽。列曼笑道。哈哈。正是正是。我等也歇了。亞離士再定神看時。則灰石亂飛。輕于蛺蜨。游煙縷縷。夭矯若神龍。亞離士又大嚷道。叔父叔父。又上去了！列曼道。儞嚷作甚。儞直想歇在這裏麽。不過兩分時却又停止。列曼便從懷裏掏出時表看定指針自語道再有十分亞離士道。每過十分停止一次麽。列曼點頭道。正是。這火山噴火是間歇的故我等亦畧得休憩話未畢果然如弩箭離弦一般又向上直射亞離士深恐墮落竭力抱定木筏目眩頭暈如登雲霧那木筏忽止忽行也不知幾次只在朦朧間覺四體不仁喉舌欲裂時而聞雷音大震時而見石液狂飛幾疑有牛首阿旁將扇煽火火化無量蛇舌圍着木筏伸縮嚇人而面目奇醜的梗斯却猶隱見於煙火盤旋之中齒粲目圓如怒如笑爾時亞離士懷無量恐怖苦悶也不暇顧列曼也不能看梗斯雙目復瞑昏瞀罔覺不知何時忽聞有獅子吼天地震盪兩耳亦自嗡嗡作聲欲待掙扎却又如被夢魘動不得分寸少頃。又覺有人把左臂一提纔得甦醒睜目看時梗斯正屹立身旁列曼欲立又伏口中大嚷道這是那裏！這是那裏‼亞蘼士重定了神。張目四顧知己僵仆山間。不遠有一巨穴。便點首會意。叫道。我等噴出火口了。這是衣蘭岬麼。梗斯笑道。不是不是亞蘼士道。不是麼。隨聲仰首則當初戴雪耀光的高山更不可見。但有烈日光線。直射童岩地底地表。不能辨識。亞蘼士沈思良久。忽道。必不是地底了。然又不是衣蘭岬。央曼島麼。還是息畢哈侃呢。列曼道。總之不是衣蘭岬。亞蘼士道。央曼島麼。列曼道。也不然。倆看這火山非與北方終年負雪由花剛石所成立者不同麼啊亞蘼士倆看……倆留心……便向上一指亞蘼士的眼光即隨着列曼指尖直向上射但見絕頂的巨穴每隔十五分時輒火光赫然火石煙灰蓬蓬上舞亞蘼士憶及前事。張口結舌。不知所云三人靜息良久。氣力稍復。始放眼觀察這火山的形勢。原來此山形如覆釜。高約三百賽尋。山麓鬱蒼。有「阿黎夫卡」「佛額」葡萄諸植物。交柯結葉。復與沍寒的北方不同。數里以外。有湖水湛然。遠樹森森。如排青薺。彷彿是一座島嶼一般。再望東方。則飛甍參差。居然一大都會。後面有小船隝。奇形殊狀的船舶。泛泛碧波間。檣棹成林。帆動疑蜨。再向遠處望去。又有無數小嶼。淺渚。簇然似蟻垤。西惟大海一碧。無垠。水天相接處。露出一座漏斗形的火山。時吐烟霧。北方則僅見沙渚一灣。輕帆幾葉而已。亞離士喜極。頓忘勞苦。亂跑亂嚷道。這畢竟是甚麼所在。樂土樂土。不是夢麼。列曼梗斯皆不知所對。亞離士又獨自跑了一箇圈子。纔見梗斯開口道。我雖不知是甚麼地方。然炎熱異常。震蕩不息。恐必不是善地。走罷。免罷。走得給飛來的灰石打死了。亞離士也不理會。又張着兩手跑了出去。遠眺許久。忽見列曼等兩人。已徐步下山。沒奈何。也只得追踪而往。回思前事。不異夢游。四面景色。皆平生所未曾夢見。自忖道。入黃泉隔天日之我。爲甚忽到如此樂土呢。且走且想。越想越奇。不一會。大聲說道。是亞細亞！已經過印度海岸馬拉斯幾島之下了。我等此時。不是正與在歐州本國的同胞足跡相對麼。列曼愕然只說得一句。磁針。亞蘺士忙應道。磁針麼……磁針麼。據磁針是明明向北去的。列曼道。今日何故却到了熱帶呢。那箇磁針竟如此捉弄人麼。亞蘺士側着頭。默然不荅。列曼又道。此地難道是北極。亞蘺士大驚道。北極？不然。……然是北極倒也未可料的。

第十二回　返故鄉新說服羣儒　悟至理偉功歸怪火

且說一行且語且走。到了一片大平原。心神定後。漸覺勞痒。漸覺炎熱。漸覺飢渴。便都停住足。草臥了兩小時。始向前進。未幾。見遠遠裏有一簇村落前臨清溪翠竹白沙明瑟如畫林中石榴粲血葡萄垂房三人見了都垂涎千丈忙摘取紅熟果實欲啖一飽其傍恰巧是玲瓏樹蔭潺湲清泉遂又脫帽解衣濯了手足亞蘺士一昂首驟見前面林中顯出一個童子失聲嘆道童子何幸居此樂郊仙乎仙乎子細看時却又不然但見他垢面敝衣不異乞丐張皇四顧有驚異之狀列曼笑道我等遠來容儀不飾此地必無如是莽男子惹人警詑亦理所應有的童子探望未久返身欲行梗斯忙大踏步上前捉住衣袖列曼等也都走去先用德國語問道這山叫甚麼名字連問數次童子不答惟目不轉睛的看定列曼把頭亂搖列曼道是了這必不是我德國的地方我德國境界中是沒有火山的便又操英語問道倆曉得這火山的名字麼童子仍是搖首默然無言亞蘺士道叔父他是啞子列曼微笑彷彿對着童子買弄博物學似的又咭咭唎唎說了幾句伊大利語童子那

裏理會又照例把頭搖了兩搖到此時任儞博物大博士也只得搔首攢眉施不出別的本領列曼悶極伸手一推大聲道儞眞不懂麼童子也順勢一捋只說一句色輪不離！便跑入「阿黎夫卡」林中去了亞蘺士大驚道色輪不離麼列曼也大驚道啊色輪不離……這青灰色山東邊的就是額拉布山麼在南方天末的就是亞支拏山麼原來這色輪不離即古昔口碑所說極奇怪的圈力斯幾羣島之一昔有英雄名雅耳者曾鎖風伯海若於此傳頌至今幾于無人不知的三人聽得色輪不離四字便想起古事忻喜不勝口中亂嚷沒命的向山下奔去伊大利人見了疑從九幽地獄飛出來的魔鬼便也大嚷起來惟幾個膽大的却圍着觀看列曼恐來加害忙用伊大利語說道我等遭風漂流至此別無他故的諸君不必驚怪衆人始漸散去三人依舊躦行列曼垂着首只說磁針磁針反復不已亞蘺士也明知磁針

小說

作怪致今日不北而南然以莫明其理便不敢言語兩小時後已過了村落。漸近聖威棄碼頭。購辦衣冠休憩兩日。即僱了一葉扁舟。到密希拿地方。至九月十三。乘着法國郵船「朴陸爾」。三日後。抵馬耳塞上陸。二十日晚。已歸剛勃迦洛。因聞聲出門相迓倒依然容色頗豐。腰圍不減。行過禮。自然是休憩片刻。再說地底情形。豈知這旅行地底的奇事。早已傳遍了遠近。一刹時親戚故舊未知已知都蜂擁而至即漠不相識的亦一若向列曼點一點頭便大有榮譽也者足恭卑色纏繞不休列曼也不暇一一理會只擇情不可卻的自去酬酢又張了幾日大讌以報戚友之情且留住梗斯做箇見證草了幾篇論說痛斥地底劇熱之說縷述身歷目擊諸事以證其前言之不誣許多學者都讚嘆不迭雖有幾個反對的說這種事迹又似有理又似無理像小說一般殊難深信然不過如九牛一毛既沒人見信又沒人雷同數日後也只得索性隨着衆人拍手大讚衆人甚喜說他頗識時務反對者既獲美名也就閉口不語了于是有許多人說列曼是偉人又說是空前的豪傑其他奇士英雄冒險家等徽號尙不一而足德意志人也從此都把兩顆眼球移上額角說什麽惟我德人是環游地底的始祖榮光赫赫全球皆知把索士譯著的徵勞磁針變向的奇事都瞞下不說惟博士列曼雖負着鼎鼎盛名終覺于心有些未愜每日祇是磁針磁針的自語不止一日亞離士走入書齋偶在礦物堆中檢得一物大驚道便是這磁針……方向何嘗誤呢列曼熟視良久笑道是了那時的磁針必發狂無疑亞離士也笑道是了我等過列曼海時不是遇着颶風怪火麽那團怪火吸着鐵器直奔筏中磁針方向便在此時變的列曼鼓掌大笑道正是正是……噫我知之矣……偉哉電力！

（畢）

光緒三十二年三月十五日印刷
光緒三十二年三月二十九日出版

定價大洋二角

版權所有

著者　英國威男
譯者　之江[illegible]士
發行者　啓新書局　南京東牌樓小[illegible]家巷口
印刷者　榎本邦信　日本東京淺草區黑船町廿八番地
印刷所　並木活版所　東京　日本東京淺草區黑船町廿八番地
發行所　普及書局　上海三馬路晝錦里
分發行所　天津 淮安 普及分書局

總發行所

上海　普及書局
南京　啓新書局